LE LIVRE DES PAUVRES.

LE

LIVRE DES PAUVRES

PAR

Ad. BERTEAULT.

LYON.

IMPRIMERIE ET LITHOGR. DE VEUVE AYNÉ,

grande rue Mercière, 44.

—

1849.

LE

LIVRE DES PAUVRES.

INTRODUCTION.

—

Aux Pauvres.

Frères,

C'est à vous, déshérités de toutes les époqnes, parias de toutes les civilisations, c'est à vous, travailleurs de toutes sortes, ouvriers, cultivateurs, soldats, instituteurs, prêtres des campagnes, et à vous aussi pauvres femmes des travailleurs; c'est à vous tous, qui n'avez, pour propriété, que vos bras et votre intelligence; c'est à vous tous, les pauvres de ce monde, qu'un pauvre comme vous vient parler en ce jour.

Ce pauvre, ce gueux, a souffert comme vous avez souffert, il souffre, comme vous souffrez, les douleurs cuisantes qu'amène avec lui, au physique, au moral, à l'intellectuel, l'absurde *désordre social*, sous lequel nous avons le malheur de vivre (si l'on peut appeler vivre la triste végétation à laquelle nous sommes condamnés, nous, les pauvres).

Sa parole ne saurait vous être suspecte.

Ce n'est point la parole soldée d'un fonctionnaire du privilége.

Ce n'est point l'accent de l'insultante commisération d'un riche.

C'est la parole d'un travailleur comme vous, d'un pauvre comme vous, fils et père de pauvres, dont le corps s'est rompu sur un pénible labeur; qui connaît les angoisses du froid et de la faim, les inquiétudes mortelles du lendemain.

L'offre des bras, comme dirait un économiste, dépassant la *demande*, il a mis à profit ses chômages, et a écrit, pour vous, ce livre qu'il vous propose.

Son but unique a été, non point de faire un ouvrage savamment écrit, digne de passer à la postérité: ses prétentions ne vont pas si loin; mais de réunir, en quelques pages, une série d'enseignements brefs et simples, à la portée, et du temps, et du caractère de ceux qu'il aime et veut servir.

Il a tenté de rapprocher, en leur montrant la communauté d'intérêts qui les lie, les ouvriers, les paysans, les soldats, les prêtres des campagnes et les femmes des travailleurs, tous enfants du peuple, tous Français, dont la cause est une, et qui, cependant, forment aujourd'hui, dans la classe des pauvres, comme autant de classes distinctes, et divisées entre elles.

Voilà, mes Frères, le but que j'ai cherché à atteindre. Que mon travail soit considéré par vous comme une petite pierre apportée au grand édifice social qui doit nous abriter tous. Que ce faible tribut de mon amour pour vous vous engage à persévérer dans les principes qui nous sont communs, qu'il vous fournisse quelques arguments de plus destinés à vaincre l'erreur sous laquelle nous souffrons, et je m'estimerai heureux de n'avoir consulté que mon cœur pour cette entreprise, sans me laisser arrêter par la faiblesse de mes moyens d'exécution.

CHAPITRE PREMIER.

—

Aux Ouvriers.

Mes Frères et mes Egaux,

Entre tous, vous dont j'ai partagé, dont je partage encore l'infortune, vous aviez droit à mes premiers épanchements.

J'ai tant senti, depuis vingt ans que j'habite l'atelier, vos poignantes douleurs, que c'est à vous, avant tous les autres, que ma plume se dévoue et que mon cœur se donne.

I.

La Formule révolutionnaire.

Frères,

Vos intelligences actives, surmontant les obstacles qu'on leur oppose, ont su, dès longtemps, franchir les limites qui séparent l'homme brut, livré à ses instincts, de l'homme policé écoutant sa raison.

Les mots Liberté, Egalité, Fraternité, devise admirable trouvée par nos pères, et inscrite sur nos monuments, vous sont connus et sont aimés de vous.

La Solidarité, magnifique résumé de la grande formule révolutionnaire, vous est également révélée.

Du moins ceux qui, parmi vous, ont l'intelligence de ces vérités sublimes, sont nombreux. Aussi, ai-je l'espoir, en remontant à la source même de ces vérités, avec l'aide bienveillante de ceux pour qui elles sont familières, d'être compris par tous.

II.

Origine de la Formule.

On ne peut attribuer à personne l'honneur insigne d'avoir trouvé cette formule trois fois sainte.

C'est le peuple qui, dans un jour d'heureuse inspiration, a reçu, sans doute de la bouche d'un de ses enfants, perdu dans la foule, cette sublime révélation.

Liberté, Egalité, Fraternité : c'est la loi et les prophètes.

Ce sera la devise éternelle de l'humanité, parce que c'est l'expression même de la nature humaine.

Et ne croyons pas que ce soit par un puéril engouement pour un simple arrangement de mots que le peuple s'est enthousiasmé de cette formule.

Si, lors de son apparition, cette formule devint le symbole de la révolution; si le peuple l'accepta sans hésitation et spontanément, c'est qu'il sentit qu'elle était l'expression, la traduction fidèle, de ce qui était en lui. C'est, en un mot, qu'il sentit, s'il ne le comprit pas, que la cause de ces mots magiques existait au plus profond de son être.

Ce que l'inspiration populaire a su découvrir, les Sages l'ont démontré.

Après cinquante années de recherches, la philosophie a donné au monde la science d'une formule qui est sa loi et est devenue la base naturelle du grand monument social que notre siècle édifie pour les générations à venir.

Quelque peu habitués que nous soyons les uns et les autres, pauvres travailleurs, au langage de la philosophie, sachons faire quelques efforts et suppléer, par notre force de volonté, au défaut d'étude, qui rend si difficile, pour le plus grand nombre, la compréhension des vérités métaphysiques.

III.

De la Liberté.

La *Liberté*, ce besoin que Maximimilien Robespierre, le grand martyr de la révolution et le plus philosophe des politiques de cette époque, avait, dans sa Déclaration mémorable, considéré comme le premier des droits; la Liberté tient le premier rang dans l'ordre symétrique où sont rangés les trois mots de la formule. Ce fait a une cause. Cette, cause la voici :

L'homme, et chacun de vous peut s'en convaincre, à tous les instants de sa vie, l'homme est un être physique, c'est-à-dire un corps doué de la faculté de se mouvoir et de sentir. Comme être matériel, nous n'avons d'existence, et par conséquent de bien-être, qu'autant que les obstacles qui s'opposent à notre action disparaissent.

Ce qui constitue la vie de notre être

physique, c'est une communion constante avec d'autres êtres de la nature, par l'intermédiaire de nos sens et de ce que les phrénologistes appellent les facultés de perceptions.

Comment cette constante communion de notre être avec la nature peut-elle avoir lieu, sinon par une liberté d'action presque entière et qui ne peut avoir pour limite que la liberté des autres êtres dont le droit est égal au nôtre.

Chacun des phénomènes de notre communion avec la nature fait éprouver à notre être matériel ce qu'on appelle une sensation. L'ensemble de ces sensations constitue proprement notre vie physique, et l'incessant besoin de sensation, qui est en nous en vertu de notre organisation, est la cause première, et la raison d'être, du mot Liberté, placé le premier dans la formule révolutionnaire.

IV.

De l'Egalité.

Egalité, placé immédiatement après *Liberté*, a, de même que ce premier terme, sa raison d'être dans la nature de l'homme.

En effet, s'il nous est donné de sentir en tant qu'être corporel, il nous est de même donné de comprendre en tant qu'être intelligent. Nous sommes un corps, mais en même temps nous sommes un esprit. Cette vérité est vieille comme le monde, et voilà bientôt deux mille ans qu'elle faisait dire au Christ : « L'homme ne vit pas que de pain. »

Aucun des phénomènes composant notre existence n'est purement matériel. Tous les actes de notre vie sont à la fois matériels et intellectuels, c'est-à-dire que notre esprit a simultanément, à la sensation éprouvée par notre corps, la connaissance de cette sensation.

Notre *esprit conçoit* et *raisonne*, comme notre *corps*, *perçoit* et *agit*.

Ce qui constitue notre vie intellectuelle, c'est une communion constante de notre esprit avec l'intelligence universelle qui semble présider à ce magnifique arrangement, à cette sublime succession de phénomènes dont se compose la vie de l'Univers.

Notre besoin de sensations donne, comme nous l'avons vu, naissance au besoin de liberté, sans laquelle nous ne saurions vivre. Notre besoin de connaissance, en nous portant à l'examen des objets de notre vie, nous montre dans l'homme, un semblable sous le rapport des besoins, et par conséquent un égal. Convaincu par l'observation et l'étude de cette égalité de besoins entre nous et les autres hommes, nous en concluons à l'égalité des conditions sociales, basée sur l'égalité de la nature humaine.

C'est ainsi que le mot Egalité devient le second terme de la formule révolutionnaire, comme *connaissance* est le second terme de la formule humaine.

Sans l'Egalité, le mot Liberté n'aurait point de sens; car s'il y a inégalité, que devient la liberté de l'inférieur contraint de se soumettre au supérieur, et de ne point dépasser, dans son action, la limite qui les sépare et les distingue.

V.

De la Fraternité.

Mais il est un troisième terme de la formule qui en paraît comme le complément, et sans lequel, il est vrai, les deux autres ne seraient rien. Ce troisième terme, *Fraternité*, puise, comme les précédents, sa raison d'être au fond de nous-mêmes.

Notre vie dont, ainsi que nous venons de le voir; les phénomènes sont toujours, et simultanément, composés de sensations éprouvées par notre corps et connues par notre esprit, ce qui donne naissance à la liberté pour chacun et à l'égalité entre tous, notre vie est aussi, et toujours, une vie de *sentiment*.

Toute sensation éprouvée par notre corps et connue par notre esprit retentit en nous, et affecte d'une façon heureuse ou funeste cette partie de nous-mêmes que nous appelons le cœur. Nous donnons à ce phénomène, bien distinct des autres, le nom de Sentiment.

Ce qui constitue notre vie sous ce troisième aspect de notre être, c'est une communion incessante de notre cœur avec le sentiment universel qui anime d'un amour réciproque et fait s'attirer entre eux tous les êtres créés.

Les anciens n'ont eu qu'une imparfaite connaissance de l'être humain. Il était réservé à notre siècle, aidé, d'ailleurs, des travaux des siècles passés, d'apercevoir, dans toute la majesté de son organisation, l'homme, ce chef-d'œuvre du Créateur.

La Fraternité, prêchée par les *saints* de toutes les époques et de tous les lieux, par Pythagore et Confucius, Apollonius de Thyane et Jésus, la Fraternité avait été considérée par ces grands révélateurs plutôt comme un devoir que comme un besoin, et, par conséquent, un droit.

C'est aux révélateurs de notre temps que l'humanité sera redevable de ce bienfait immense. Ce sont eux qui, découvrant dans la nature de l'homme ce besoin d'aimer qui y réside au même titre que les besoins de sentir et de connaître, ont complété la formule de son activité par ce troisième terme, et le plus beau, si les autres n'étaient sublimes.

VI.

Erreur des Anciens sur la Loi morale de l'Homme.

Frères,

J'ai cru bon de vous donner cet exposé imparfait de l'origine véritable de la formule révolutionnaire adoptée et chérie par nous. Bien que les raisonnements qui précèdent pourront d'abord paraître superflus à beaucoup d'entre vous, leur utilité sera, je l'espère, bientôt démontrée.

L'homme a besoin, pour se guider dans la vie, d'une loi morale, de laquelle découlent ses convictions, dont il puisse déduire la règle constante de son activité.

Eh bien ! cette loi morale, indispensable à notre existence, c'est de la formule humaine, Sensation, Connaissance, Sentiment, traduite par la formule politique : Liberté, Egalité, Fraternité, que nous l'extrayons,

Jusqu'à nous, jusqu'à notre âge eureux, l'homme, ballotté entre les deux termes d'une absurde dualité, croyant à la *matière* ou à l'*esprit*, n'a-ait pu trouver le niveau de son existence.

Parfois, niant l'esprit, on le voyait, omme la brute, s'abandonner à tous es excès de la sensation, et enfanter, eu à peu, la déification de ses instincts. e là le *paganisme*, ses débauches cororelles et ses orgies sacrées. De là aussi, l'égoïsme effréné, bien naturel à l'homme qui ne se croit que matière, qui, précipitant les sociétés antiques vers un abîme, eut infailliblement englouti le monde sans le providentiel revirement opéré par l'avénement du Christianisme.

D'autres fois, ne quittant un excès que pour tomber dans un autre, et donnant, en cela, raison à Luther qui compare l'humanité à un paysan ivre à cheval ; l'homme nie la matière, la répudie, et se croyant un ange, tout esprit, rêve une vie angélique, toute spirituelle. Ce renoncement à la matière donne naissance au renoncement de soi-même et au *dévouement* le plus absolu en opposition avec l'égoïsme payen. Tel fut le beau côté, mais en même temps, l'erreur mortelle du principe chrétien.

VII.

L'Egoïsme et le Dévouement.

Le matérialisme avait eu pour conséquence naturelle l'égoïsme payen ;

Le spiritualisme avait eu pour conséquence naturelle le dévouement chrétien ;

Mais ces principes ne furent ni l'un ni l'autre le principe humain destiné à régler la vie humaine.

Le matérialisme ne reconnaissant dans l'homme que la sensation l'avait livré à l'égoïsme absolu en niant la Fraternité et l'Egalité humaines pour ne satisfaire qu'à la Liberté.

Le spiritualisme ne reconnaissant dans l'homme que le sentiment, l'avait livré au dévouement absolu en niant la Liberté et l'Egalité pour ne satisfaire qu'à la Fraternité.

L'égoïsme et le dévouement n'étaient ni l'un ni l'autre la loi morale de l'Humanité. Cette loi morale que notre âge, plus heureux que les âges antérieurs, devait connaître et posséder : c'est la Solidarité.

VIII.

La Solidarité.

La Solidarité est cette loi divine qui lie comme un tout homogène les parties innombrables de l'Univers, et ensemble, d'une façon toute spéciale, les humains, qui sont comme *membres les uns des autres*, selon l'admirable expression de St. Paul.

Je vous ai fait remarquer, Frères, que notre vie était une communion incessante avec l'*Univers*, l'*esprit* qui le gouverne, et l'*amour* qui en lie les parties.

Nous avons donc pour objet de notre existence, du moins, virtuellement, la totalité des êtres créés.

Mais, entre ces êtres, il en est un qui est, lui, l'objet presque unique de notre vie. C'est l'homme, c'est-à-dire, cet être libre, égal à nous, et dont nous sommes frères.

En effet, l'homme est non-seulement presque constamment en notre présence d'une façon directe, mais aussi d'une façon indirecte, à tous les instants de notre vie.

C'est par son intermédiaire que nous vivons au matériel, au moral et à l'intellectuel.

S'il nous est donné, par exemple, de jouir de toutes ces merveilles de l'industrie, de la science et des arts dont nous sommes entourés, et qui flattent si agréablement nos sens, n'est-ce point à l'homme que nous en sommes redevables? Seul, que ferions nous, qu'éprouverions-nous?

S'il nous est donné de connaître les causes de ce que nous voyons, de penser, de raisonner, de jouir, en un mot par l'esprit, soit dans les conversations, soit dans les lectures, soit dans les méditations, n'est-ce pas à l'homme encore que nous en sommes redevables? Sans les immenses travaux de nos devanciers, sans les soins qu'on a pris de donner à notre esprit quelque culture, que serait-il?

S'il nous est donné d'aimer et d'éprouver ces incomparables félicités de l'amour et de l'amitié, mais n'est-ce point à la présence des êtres que nous aimons, c'est-à-dire à l'hommeque nous en sommes redevables?

L'homme est donc pour l'homme l'objet constant, direct ou indirect, de sa vie. C'est lui qui est la cause de tous ses bonheurs. C'est à l'homme que l'homme doit tout.

La Solidarité qui nous unit à l'Humanité nous prend au berceau et nous conduit jusqu'à la tombe. Et de plus nous sommes liés aux générations antérieures par tout ce qu'elles nous ont légué, comme aux générations futures auxquelles nous préparons les voies de l'avenir et pour lesquelles nous travaillons.

IX.

Application de la Solidarité par l'Association.

Frères,

Le principe de la Solidarité, méconnu des anciens, doit trouver son application parmi nous.

Cette application, ce sera l'ASSOCIATION.

Non point l'association restreinte à quelques individus d'une même corporation; non point non plus restreinte à l'industrie; mais l'association et de l'agriculture, et de l'industrie, et de la science, et des arts. L'association nationale, enfin, qui réunira en un immense faisceau producteur toutes les branches de l'activité humaine.

Cette vaste association, qui double la force de chacun par la réunion des forces de tous et leur appui réciproque, doit être organisée au point de vue de la Liberté, de l'Egalité et de la Fraternité.

Dans cette association, but vers lequel nous marchons, tous les hommes quelque soit, d'ailleurs, la faiblesse productrice de quelques-uns, devront trouver un travail proportionné à leur capacité, et être assurés, en vertu de ce travail, d'une rémunération proportionnelle à leurs besoins : la Fraternité l'exige.

Tous les hommes devront y trouver des moyens égaux de développement, et n'y être arrêtés, dans leur progrès artistique, industriel ou scientifique, que par les limites de leurs propres facultés : l'Egalité le veut aussi.

Tous les hommes devront y conserver la faculté de *produire* et consommer dans une proportion relative. S'il n'en était point ainsi, c'est-à-dire si l'on assignait à l'homme *l'exacte quantité* du travail qu'il doit faire, sans lui permettre d'amoindrir cette quantité de travail en proportion de la diminution de consommation qu'il se voudrait imposer, on attenterait à sa liberté; et, réciproquement, si on lui assignait l'exacte quantité de sa consommation sans lui permettre d'augmenter cette consommation en proportion de l'augmentation de son travail, on attenterait à sa liberté.

Toutes les associations qui ne réuniront pas les conditions nécessaires :

De liberté dans le travail ;

D'égalité dans les moyens de travail ;

De fraternité par la garantie du travail ; toutes ces associations périront.

Car Liberté, Egalité, Fraternité sont les termes de la formule politique correspondant aux termes, sensation connaissance, sentiment de la formule de l'Homme. Et ces trois termes vrais indiquent dans l'Humanité des besoins primordiaux sans la satisfaction desquels on ne saurait rien édifier.

CHAPITRE DEUXIÈME.

—

Aux Paysans.

Je n'ai point physiquement partagé vos peines, Frères ! Je n'ai pas, comme vous, arrosé de mes sueurs, dans les longues journées de l'été, un sol fertile pour tous , excepté pour celui qui le fertilise.

Mais j'ai habité parmi vous, et je vous ai vus, pauvres esclaves, attachés à la peine comme les bœufs que vous conduisez et qui nous nourrissent. Je vous ai vus privés, vous qui produisez tout, des choses les plus nécessaires à la vie.

Je sais ce qu'il faut penser du bonheur qu'on suppose être le vôtre, car je vous ai vus, petits propriétaires terriens, contraints, malgré votre prodigieuse activité, d'hypothéquer, dans les années mauvaises, le petit champ qu'un vieux père vous avait légué; et souvent, au bout de l'an, n'avoir plus, après les domestiques et les impôts payés, de quoi vous nourrir vous-mêmes.

Je vous ai vus, fermiers ou vignerons, retourner en tous sens, chaque jour que Dieu fait, cette terre ingrate pour vous seuls. Je vous ai vus donnant au *maître* les *trois quarts* des produits de votre travail, et gardant pour vivre toute une année, vous et votre famille, ce qui suffirait à peine à quelques-uns des libertins qui vous exploitent, pour une nuit de débauche. Je vous ai vus contraints d'arracher aux écoles, pour les envoyer *en champ*, vos pauvres enfants que vous privez ainsi de l'instruction qui ennoblit l'homme, et lui ouvre, dans la société, les portes de la considération et de la fortune. De l'instruction dont les *gros*, comme vous les appelez, en vous tenant, à dessein, dans une atroce misère, se réservent le privilége exclusif.

Oh ! je connais vos douleurs!

Combien de fois, parcourant les campagnes si admirablement fertilisées et embellies par vos soins; combien de fois mes yeux se sont mouillés de larmes en songeant à l'infime et misérable condition des auteurs de si belles choses.

Je me demandais comment il était possible que Dieu permit une si épouvantable iniquité. Après y avoir longtemps réfléchi, il me semble en avoir compris les causes principales, et, plein de foi, en l'absence de talent, je cherche à les combattre en vous les faisant connaître, et en vous en facilitant ainsi par vous-même la prompte destruction.

I.

Le Gouvernement des Riches.

Entre les différentes causes du mal dont vous souffrez, Travailleurs de la terre, la plus réelle de toutes, c'est que le gouvernement du monde, qui doit appartenir à tous, est, depuis de longues années, l'apanage exclusif des riches, c'est-à-dire de quelques milliers d'individus possédant, *en vertu d'on ne sait quel droit*, la plus grande partie du sol et de ses produits.

Ces riches, comme autrefois les nobles, et parmi lesquels les nobles sont compris, se sont ligués ensemble contre les pauvres, et se sont emparés, au moyen de l'argent, de l'instruction, des places et du gouvernement.

Prêtant sur hypothèques, après les mauvaises années, et à un intérêt exorbitant, à de pauvres cultivateurs à moitié ruinés, ils exproprient le malheureux qui ne peut, privé d'avances, faire assez rapporter à son champ pour se nourrir, payer l'impôt et l'usurier.

Accaparant non-seulement la terre, mais tous ses produits, on les a vus retenir, dans des entrepôts à cet usage, les blés, les vins, les bois et toutes les choses de premières nécessités.

Par ce moyen d'accaparement, ils affament les pauvres et font monter à un prix fou les marchandises qu'ils ont emmagasinées.

Devenus les maîtres de la terre et des produits, ils font hausser à volonté les prix des fermages.

Pour vous montrer, Frères, jusqu'à quel degré d'infortune sont arrivés les millions d'agriculteurs en présence de l'extrême opulence de leurs exploiteurs, je veux vous citer les chiffres effrayants fournis par les plus savants statisticiens du gouvernement, par ceux qui, étant la cause du mal, auraient dû, au moins, avoir assez de pudeur pour en dissimuler l'étendue.

On fait grand bruit aujourd'hui contre les démocrates auxquels on reproche de vouloir *partager* les propriétés, ce qui, d'ailleurs, est la plus infâme calomnie. L'on crie bien fort contre *ces misérables pillards* qui veulent ruiner les 25 millions de propriétaires qui couvrent (soi-disant) le sol de notre France.

Je ne chercherai pas, mes frères, à défendre devant vous les démocrates socialistes ; car, s'il est vrai que votre esprit a pu être un instant abusé par d'indignes mensonges, votre bon sens en a bientôt fait justice, et je pense même que vous aurez bien ri en pensant à la panique momentanée que vous a causée la fable absurde des *partageux*.

Je ne défendrai pas ceux qui n'ont que faire d'être défendus ; mais je démentirai les calomniateurs. Je leur dirai d'abord :

Où sont-ils ces 25 millions de propriétaires-cultivateurs ?

J'ouvre vos propres ouvrages de statistique et je vois :

Quatre-vingt-dix mille *gros* propriétaires, possédant chacun, en moyenne, *cent cinquante hectares* de terre environ, c'est-à-dire un revenu de trois mille francs;

Trois cent mille propriétaires *moyens*, possédant *cinquante hectares* environ, c'est-à-dire mille francs de revenu;

Deux millions de *petits* propriétaires, possédant chacun, en moyenne, *sept hectares* environ, c'est-à-dire un revenu de cent quarante francs;

Enfin, douze cents et quelques mille *très-petits* propriétaires, possédant *moins de deux hectares* chacun, c'est-à-dire un revenu de moins de quarante francs.

Ce qui fait que *trois millions cinq cent mille propriétaires* environ sont possesseurs du sol cultivé ou cultivable de la France.

Or, il nous est facile de voir que sur ces trois millions et demi de propriétaires qui représentent dix-sept à dix-huit millions d'individus seulement, *ce qui laisse*, SANS AUCUN TITRE DE PROPRIÉTÉ, *six à sept millions d'individus de la campagne*, il nous est facile de voir :

1° Que ceux de la première catégorie, les quatre-vingt-dix mille propriétaires à trois mille francs de revenu, sont les seuls riches ;

2° Que ceux de la deuxième catégorie, c'est-à-dire les propriétaires à mille francs de revenu, sont seulement *aisés ;*

3° Que ceux de la troisième catégorie, qui ont cent quarante francs de revenu, ne sont pas des propriétaires, mais seulement des gens qui ont leur logement assuré ;

4° Que pour ceux de la dernière catégorie, les douze cent mille propriétaires à moins de quarante francs de revenu, ce mot propriétaire n'est qu'une amère dérision, et rien de plus.

Il y a donc, en réalité, quatre cent mille propriétaires à peu près, dont moins du quart seulement peuvent être appelés riches, c'est-à-dire que le nombre des vrais propriétaires actuels de la terre n'est pas le douzième de celui qu'on suppose.

Vous pouvez voir, Frères, comme je l'ai remarqué en passant, que six à sept millions d'individus ne possèdent absolument rien, c'est-à-dire que *six à sept millions d'*INDIGENTS restent, comme une protestation vivante, contre les affirmations des ennemis de la démocratie, qui disent mensongèrement que tous les paysans sont propriétaires.

Vous avez vu, Frères, quel était le véritable nombre des propriétaires de la terre. Combien il est vrai que l'immense majorité des travailleurs n'est point propriétaire, mais *prolétaire*, et intéressée à toutes les réformes sociales. Maintenant, il me reste à vous démontrer combien, je ne dis pas le partage, parce que c'est une folie, mais une meilleure et plus juste répartition des produits du travail serait chose facile, et combien aussi la richesse générale est suffisante, et au-delà, à rendre tous les habitants de la campagne, sinon riches, parce que l'homme laborieux n'a pas besoin de richesses, mais, au moins, aisés.

Chaque année, le travail des cultivateurs produit un revenu total de cinq milliards, tout frais de semences, d'achats et d'entretiens du matériel, d'achats et de mortalité de bestiaux déduits.

En divisant ce chiffre de *cinq milliards* de revenu par celui de *cinq millions de familles*, maximum du nombre supposé, dont se compose la population des champs, on aurait, *si le travail était payé ce qu'il vaut véritablement*, MILLE FRANCS DE REVENU PAR FAMILLE. C'est-à-dire *plus du double* de ce que possèdent actuellement, pour un travail excessif, l'immense majorité des travailleurs de la campagne.

Les riches, ou possesseurs du capital, traitent de pillards et de partageux les démocrates, les vrais républicains qui demandent des réformes sociales; et eux, ils enlèvent au travailleur de terre, pour l'intérêt de leurs avances, près des deux tiers des fruits d'un pénible labeur.

Qu'on retranche du tiers qui reste au paysan, la somme de cinq cents millions qu'il paie d'impôts, et qui retourne aux riches, puisque les riches ont toutes les places mieux rétribuées par l'impôt, et l'on pourra se convaincre que celui qui travaille et produit tout, donne à celui qui ne travaille pas les trois quarts de sa propriété vraie, c'est-à-dire du fruit de son travail.

Voilà le gouvernement des riches. Ce ne sont point des partageurs ceux-là : ils préfèrent prendre tout.

II.

Ce que veut la Démocratie.

Frères,

Il est temps que vous appreniez à connaître la Démocratie.

On vous a dépeint les socialistes sous de bien sombres couleurs ; comme étant surtout hostiles aux paysans. C'est un indigne mensonge. Les socialistes n'ont qu'une voix pour demander en faveur des travailleurs de la campagne, dont le sort est lié à celui des travailleurs de la ville, les réformes qu'ils réclament pour ceux-ci.

Les travailleurs des villes indignement exploités par les gros entrepreneurs, qui s'enrichissent à leurs dépens, demandent que le travail ait une plus grande part dans les bénéfices de l'Industrie; mais ils demandent en même temps que les travailleurs de la campagne, inhumainement pressurés et torturés par les *gros* propriétaires, qui s'engraissent de leurs sueurs, jouissent d'une plus grande part des produits de l'agriculture.

Frères, en renversant, au 24 février 1848, par un puissant effort, la dynastie de Louis Philippe, les ouvriers de Paris prétendaient non-seulement changer la forme politique du gouvernement, mais obtenir du gouvernement républicain les réformes sociales que ce gouvernement peut seul réaliser, et sans lesquelles il ne serait, en rien, plus avantageux aux travailleurs que le gouvernement monarchique.

Soumis, en partie, à la volonté populaire, le gouvernement provisoire rendit quelques décrets d'une véritable utilité pour le pays, c'est-à-dire pour les travailleurs qui forment l'immense majorité des citoyens. Tels furent les décrets sur les heures de travail, sur l'abolition de l'impôt du sel, sur la taxe des lettres, fixée à 20 c. pour les plus grandes distances.

Mais le gouvernement provisoire, *accepté* plutôt que *désigné* par le peuple dans un moment d'effervescence générale, n'était pas composé entièrement d'*amis* du peuple. La majorité, républicaine il est vrai, était *hostile* à toutes réformes sérieuses, capables d'amener, dans la situation des travailleurs, un changement véritable.

Ainsi le peuple et les quelques amis qu'il comptait au gouvernement provisoire, entre autres Ledru-Rollin, Louis Blanc et Albert, voulaient que, rétablissant les choses dans leur ordre naturel, la Révolution amenée par les iniquités des riches, qui avaient composé, jusqu'au 22 février, tout le gouvernement, demandât à la bourse de ces riches la somme nécessaire à en payer les frais. Rien n'est plus juste, en effet, que de faire supporter à ceux qui le peuvent la plus grande part des charges sociales.

Mais le peuple ne fut point écouté.

Loin de s'adresser aux coffres-forts des dilapidateurs de la royauté, qui s'étaient repus, depuis si longtemps, des deniers du travailleur, on s'adressa à la bourse de ceux-ci, bourse si impitoyablement amaigrie par les rapines des gros.

C'est sur la campagne (qu'il aurait fallu dégrever de ses impôts) qu'on eut l'audace de frapper encore : L'impôt des 45 centimes a commencé la contre-révolution, c'est-à-dire le retour au mal, à l'injustice ; le retour à l'exploitation des masses, et surtout des pauvres cultivateurs de terre, par le gouvernement des riches.

Vous vous êtes tous récriés, braves travailleurs, lors de cette nouvelle iniquité. Mais on vous a indignement trompé, quand, désireux de séparer votre cause de celle de l'ouvrier des villes, on vous a dit que le produit de ce nouvel impôt était pour entretenir les chantiers nationaux demandés et fondés, disait-on, par les républicains.

Cette institution maudite, une de

celles que repoussait avec le plus d'énergie la Démocratie sur laquelle, pourtant, on en veut faire retomber la responsabilité, est due à l'esprit réactionnaire qui voulait perdre la révolution. Ce que veulent, et ce que voulaient les démocrates, ce ne sont pas ces absurdes chantiers, où vous avez vu gaspiller les fonds de la République; véritables écoles de démoralisation et de paresse, et qui ressemblaient plutôt à des bagnes qu'à des ateliers.

Ah! ce n'était pas cela que voulaient les vrais républicains. Ce qu'ils voulaient, ce qui était juste et qu'on ne leur a point accordé, c'était du travail assuré pour tous; mais à chacun selon sa profession.

III.

De l'Election.

Frères, au nombre des grandes choses faites par le gouvernement provisoire, car il en a fait, il faut le reconnaître, en dépit des 45 centimes et des chantiers nationaux, le suffrage universel proclamé par lui, à la demande du Peuple, est la plus belle et la plus grande.

Par le suffrage universel nous aurons un jour toutes les améliorations que nous désirons aujourd'hui ; mais il faut que nous soyons unis, et que nous opposions à la *ligue des riches*, *la ligue des pauvres.* Et c'est là ce que nous n'avons point encore fait.

Lors des élections générales pour les membres de la Constituante, vous vous êtes laissés prendre aux promesses pompeuses des gros, et à leurs déclamations contre les actes du nouveau pouvoir. Sous cette influence fâcheuse, comment avez-vous voté?...

Il m'est pénible de vous adresser un reproche, car je sais combien vous êtes excusables en raison de votre inexpérience politique, mais je serais un lâche, si, pour capter votre affection, et dans la crainte de vous déplaire, je vous cachais la vérité. Vous avez, par vos votes, sinon perdu, au moins gravement compromis, la République et vos propres intérêts, qui sont dans le maintien de la République et dans le développement de ses conséquences sociales.

Vous avez envoyé à la chambre la majeure partie des satisfaits de la chambre ancienne.

Tout ce que vos ennemis et les nôtres comptaient de plus franchement mauvais; les Thiers, les Molé, les Montalembert, et derrière ces chefs de bandes politiques, les Mortemart, les Rivet, et tous ces réactionnaires, enfin, qui ont, depuis le 4 mai, mérité des honnêtes gens.

Tousces réactionnaires qui ont arrêté le commerce en troublant la tranquillité publique par leurs abominables conspirations; qui ont payé des émeutiers au nom d'Henri V et de Louis Bonaparte, de Joinville et du comte de Paris. Tous ces misérables qui, après avoir fait couler à flots le sang des citoyens, ont osé rejeter sur les socialistes, qui en étaient innocents, la responsabilité des malheurs de la patrie : voilà ceux que vous avez nommés !!!

Ah! si vos funestes inspirations s'étaient arrêtées là! Mais une circonstance des plus graves allait se présenter où vous tiendriez véritablement le sort de la République enveloppé dans votre bulletin d'électeur; et, dans cette circonstance, aveuglés encore par vos ennemis, qui surent, à la fois, s'unir et vous donner le change, vous alliez, en mettant au faîte de l'édifice social, le plus inepte des hommes, préparer à votre pays, des malheurs incalculables, et achever, ainsi, par un vote plus funeste que tous les autres, l'œuvre malheureuse commencée aux élections générales.

Vous avez cruellement expié votre erreur, mes Frères.

Ceux que vous avez envoyés à l'Assemblée nationale se sont montrés constamment les ennemis implacables de vos intérêts.

Celui que plus tard, et tout dernièrement, vous avez monté au sommet de l'Etat, et sur lequel vous fondiez les plus grandes espérances, celui-là n'a répondu que par un refus formel d'accéder à vos vœux.

Vos poitrines toutes françaises avaient proféré le cri de : Vive Napoléon ! parce que vous vous étiez imaginé qu'on héritait du génie et du courage comme on hérite du champ de son père : erreur.

Vos cœurs généreux, voulant le pardon pour les malheureux prisonniers politiques, vous comptiez sur une *promesse formelle* de votre élu pour les voir mettre en liberté : erreur.

Vous désiriez un pouvoir fort, c'est-à-dire à la tête du pouvoir, *une ferme volonté capable de réparer les bévues de vos mandataires, les crimes de la réaction, et de protéger le faible contre le fort, le pauvre contre le riche, le fermier contre le propriétaire ;* et vous comptiez que le neveu de l'empereur serait cet homme-là : erreur.

Frères, il est une chose qui eut dû, cependant, vous avertir du danger : c'est que les gros, *qui avaient le mot d'ordre*, et connaissaient mieux que vous l'homme auquel, vous alliez remettre le pouvoir ; c'est que les gros (curés en tête) vous encourageaient à mettre son nom dans l'Urne, et il l'y mettaient avec vous.

Ils se rient bien de vous et de votre erreur, aujourd'hui, les *gros*.

L'*élu* de *six millions de suffrages*, fait envoyer aux galères, ou à la mort, les prisonniers politiques.

Il se fait le très-humble serviteur des tyrans Anglais, Autrichien et Russe : son oncle préférait les battre, et affranchir leurs peuples.

Il semble surpasser en incapacité et en mauvais vouloir, à l'égard du peuple, les plus sots et les plus mauvais d'entre les réactionnaires de l'Assemblée : lui qui devait réparer leurs méfaits.

Loin de saisir, d'une main ferme, le pouvoir, et de l'exercer dans vos intérêts, vous qui l'avez nommé, il prend pour ministres les plus incapables des commis de Louis-Philippe, et leur abandonne le soin du gouvernement qu'il est, encore plus qu'eux, incapable d'exercer lui-même.

Loin de contribuer à la diminution des impôts qui pèsent sur vous, il ne se contente pas de CINQUANTE MILLE FRANCS PAR MOIS, que lui alloue la Constitution, mais il demande encore, et cela pour payer ses valets et acheter des chevaux de luxe, un supplément de quarante mille francs!!

Enfin, cet homme que vous aviez cru digne de succéder à son oncle, et capable d'administrer la France avec économie et talent, à si peu d'ordre pour lui-même, qu'il s'est, depuis qu'il est au pouvoir, endetté de près d'un million de francs!... Il est vrai qu'il attend d'être empereur pour puiser librement dans les poches des contribuables, et payer (avec vos écus) les dettes qu'il aura contractées comme président.

Jolie perspective, en vérité : vous pensiez voir le président payer les dettes de la France, et vous payerez les dettes du président.

O mes Frères, ne prenez point pour une récrimination contre vous les paroles qui m'échappent. Je vous l'ai dit plus haut : étranger jusqu'alors à la politique, il était impossible que vos premiers actes ne fussent pas entachés d'erreur. Soyez-en convaincus, bien que vos votes soient venus constamment depuis une année détruire le travail si laborieusemant fait par vos Frères les ouvriers des villes, ceux-ci n'ont conservé contre vous aucune animosité. Ils ont pleuré sur votre aveuglement, mais connaissant vos cœurs, ils espèrent que bientôt, les comprenant mieux, vous vous joindrez à eux pour travailler tous ensemble au bonheur commun.

CHAPITRE TROISIÈME.

—

Aux Femmes.

Mes sœurs,

Véritablement, j'hésite en commençant ce chapitre plus particulièrement destiné à vous.

J'ai quelquefois souri à cette idée de voir, comme le demandait naguères un penseur de mérite, la loi de la *femme* apportée, formulée par la femme.

Aussi me tairais-je si ce n'était le profond oubli où semble être tombé votre cause, et la pureté des intentions qui me guident en l'embrassant.

Je n'entreprends pas ici de vous relever à vos propres yeux, ni de faire ressortir vos mérites incontestables et incontestés, sous le triple rapport de l'activité, de l'intelligence et du dévouement. Des hommes et des femmes d'un talent supérieur s'en sont chargés et acquittés mieux, beaucoup mieux que je ne le saurais faire : les uns par des ouvrages spéciaux et pleins de vérité, traitant de la femme, soit au point de vue historique, soit au point de vue psychologique, c'est-à-dire de l'étude de l'être féminin en lui-même ; les autres par des actes révélant une puissance d'énergie et de volonté qu'un grand nombre d'hommes pourraient envier ; par des travaux intellectuels dignes d'être signés par les plus grands maîtres de notre sexe ; enfin par des inspirations sublimes laissant loin derrière elles les cœurs les plus généreux.

Je ne viens donc pas vous relever dans votre esprit ni dans celui des hommes, où, quoiqu'ils disent et fassent, vous êtes si haut placées ; mais je viens seulement, dans l'espoir de vous être utile, essayer de vous faire comprendre le rôle véritable que vous serez appelées à jouer dans cette organisation sociale démocratique que nous préparons de nos efforts, et les avantages de toutes sortes qui vous y attendent sous le rapport matériel, intellectuel et moral, et qui vous incitent à travailler avec nous à cette œuvre de régénération.

Et d'abord, mes Sœurs, il faut, pour vous faire comprendre les destinées auxquelles vous appellent vos mérites et notre amour, il faut que je vous mette en garde contre certaines théories qu'un sentiment bon en soi a bien pu faire naître, mais qu'une connaissance plus intime de votre nature aurait dû modifier.

Un penseur de mérite, ainsi que je

l'ai dit plus haut, demandait, il y a quelques années, l'affranchissement complet de la femme.

Soumis à la théorie qu'il exposait, il appelait *la Femme*, c'est-à-dire une femme supérieure, qui put formuler la *loi* des femmes, et la *loi* de ses rap-avec l'homme.

Ce penseur s'est tu ; celle qu'il appelait n'est point venue, et les doctrines qu'il avait émises ont disparu avec lui de la scène du monde. Je ne jugerai point ces doctrines : l'auteur et l'opinion publique en ont fait justice l'un, en ne les soutenant plus, l'autre en les oubliant.

Mais, à leur suite, l'idée de l'affranchissement des femmes a germé dans tous les esprits généreux. Tous les cœurs justes, révoltés de la condition misérable de la femme dans la société actuelle, de sa dépendance absolue, et contre nature, vis-à-vis de l'homme, tous les cœurs justes se sont mis à pousser à cet affranchissement.

Cela est bien.

Mais il s'agit de savoir ce qu'on entend par l'affranchissement de la femme.

C'est ici, mes Sœurs, qu'il est urgent que nous nous entendions.

D'abord nous devons reconnaître, qu'en principe, l'égalité existe véritablement entre l'homme et la femme, tout comme entre deux hommes ou entre deux femmes; que la femme n'est, sous aucun rapport, inférieure à l'homme, pas plus qu'un homme n'est inférieur à un autre homme, une femme à une autre femme; mais ce que nous devons également reconnaître, c'est que l'égalité de deux hommes n'entraîne pas, comme certains esprits fous se le sont figuré, l'identité de fonction: je m'explique.

Deux hommes sont en présence: ce sont deux semblables, deux égaux; mais ces deux hommes, qui ont les mêmes facultés actives, intelligentes ou aimantes, n'ont point ces facultés développées à un égal degré, et de cette inégalité, ou dissemblance de développement, naissent des aptitudes différentes, qui les appellent à différentes fonctions.

Ce qui existe d'une façon si manifeste entre deux hommes existe bien plus manifestement encore, mais d'une façon générale, entre la femme et l'homme. C'est ce qui assigne à l'homme certaines fonctions, et à la femme, certaines autres fonctions, sans subordonner, pour cela, l'un des deux à l'autre d'une façon quelconque.

Je ne chercherai pas à prouver l'éloignement naturel des femmes pour la vie publique par l'opinion de celles d'entr'elles qui sont les plus justement renommées ; car on pourrait m'opposer des opinions contraires, venant de femmes également estimables. C'est sur le raisonnement et sur la nature que je veux appuyer ma théorie.

Je dois dire qu'il est naturel qu'un grand nombre de femmes distinguées, d'ailleurs, pour leur esprit et leur caractère, mais indignées de la *subalternisation* actuelle de la femme, aient aspiré vers un état de choses qui semble juste tout d'abord, mais qu'on reconnaît impossible, si l'on y réfléchit sans passion. Il en devait être ainsi ; et, je le jure, aucun blâme n'est dans mon esprit, pour celles qui réclament, avec le plus d'énergie, cette *égalité politique*, telle qu'on l'entend ordinairement, c'est-à-dire la similitude des fonctions sociales de l'homme et de la femme, similitude dont j'espère vous montrer l'impossibilité.

L'argument favori des hommes qui ne veulent point de l'affranchissement de la femme ou de son égalité politique, c'est que la femme, selon eux, n'est qu'*un moule à enfants* : cela est grossier, cela est faux, cela est absurde ! Aussi, leurs adversaires le leur reprochent-ils avec beaucoup de raison.

La faculté d'être mère, loin, dans notre esprit de ravaler la femme, est, au contraire, ce qui la rendrait, en quelque sorte, supérieure à l'homme, s'il pouvait y avoir supériorité entre deux êtres humains ; mais cette faculté d'enfanter, qui donne à la femme un si puissant ascendant sur l'homme, lui enlève la possibilité d'exercer certaines fonctions, et particulièrement celles que nous appelons publiques.

C'est à l'âge où après avoir reçu toute l'instruction que ses facultés comportent (et l'on sait qu'à cet égard beaucoup de femmes égalent les plus intelligents des hommes), c'est à vingt ans, je suppose, que la femme devient mère.

Mes sœurs, vous savez combien de soins sont nécessaires alors, combien de précautions doivent être prises, pour la conservation de votre santé, devenue si délicate, et de celle, cent fois plus frêle encore, de l'être toujours chéri que portent vos entrailles.

Voilà donc, si nous tenons compte du temps de l'enfantement et de la convalescence forcée qui le suit, toute une année pendant laquelle il vous serait impossible de faire le travail assidu d'un employé d'administration, et de supporter sans courir, chaque jour, le risque de vous suicider, ou de commettre un infanticide, les péripéties toujours orageuses d'une assemblée délibérante.

Mais ce n'est pas tout, car votre rôle de mère commence à peine après l'enfantement.

Vous toutes, ouvrières, à qui je m'adresse, toutes, vous aspirez à pouvoir accomplir ce devoir si doux d'une mère, l'allaitement, auquel, dans votre misère, il vous faut si souvent renoncer, au détriment de votre santé, et plus souvent encore au prix de la vie même de vos enfants. Or, il est évident que l'allaitement et le sevrage exigent de votre part une sollicitude de tous vos instants qui vous rend impossible tout autre occupation.

Il est calculé sur des données certaines, que dans un état de santé, et, en exerçant les devoirs de la maternité, chaque femme, en moyenne, pourrait mettre au monde six enfants. Or, chaque enfantement absorbant, comme nous venons de le voir, trois années au moins perdues pour la vie publique, il reste démontré, qu'en général, la femme, si elle était admise à la vie politique, au même titre que l'homme, n'y pourrait entrer qu'à l'âge de quarante ans au moins.

Comme je suis certain, mes sœurs, de ne m'être laissé entraîner par aucun sentiment de vanité masculine, de n'avoir employé que des chiffres vrais, et de n'avoir supputé que d'après les autorités les plus incontestables, je pense qu'il sera difficile aux partisans de l'*égalité politique de la femme et de l'homme* de réfuter, avec quelque raison, au point de vue de la généralité des femmes, ce que j'avance sur ce sujet. Je n'ai donc plus à m'occuper que de l'exception, c'est-à-dire des femmes, qui, soit par un vice d'organisation physique, soit par une abstinence impossible, immorale même, n'enfanteraient point.

Sans doute la plupart des femmes qui sont dans ce cas échappent aux arguments présentés plus haut ; mais par une foule d'autres raisons elles ne sont, pas plus que les autres femmes, propres à la vie publique.

Il existe entre l'homme et la femme une sorte de magnétisation réciproque à l'influence de laquelle nul ne peut échapper.

Je suppose une femme spirituelle, instruite, une femme de génie même, ce qui n'est pas plus extraordinaire que chez l'autre sexe, et qui joindrait à ces dons de l'esprit les agréments physiques qui rendent si irrésistibles les volontés d'une telle femme. Je demande si, placée à la tête d'une administration importante, cette femme n'exercerait pas sur ses co-employés ou ses administrés, et sur tous ceux qui l'approcheraient, une autorité incontestable, et ne désarmerait pas mainte fois d'un mot, d'un regard, les plus ardents, ou les plus fondés dans leurs critiques?

Placez cette femme à la tribune d'un club, ou au sein d'une assemblée nationale, et j'affirme, sans craindre le démenti, qu'aucun orateur, s'il est jeune, n'aura la force ou même la volonté de la contredire.

Enfin, j'ose affirmer que pour rendre possible l'intervention directe de la femme dans la vie publique, il faudrait supprimer l'amour; je pense que nulle d'entre vous n'en a la tentation.

Mais si, pour la femme, l'impossibilité de la vie publique est manifeste, quelle est donc la mission que lui donne la démocratie?

Est-ce cette mission subalterne que lui assignait le catholicisme? Sera-t-elle comme aujourd'hui cette servante soumise et dépendante de la volonté souvent tyrannique de son époux? non.

La démocratie affranchira la femme de l'inique exploitation de l'homme :

1° En élevant son esprit par la science.

2° En développant en elle, par l'éducation les magnifiques sentiments qui nous la rendent si chère à tous égards.

3° Enfin, en lui garantissant un avoir, une propriété, salaire ou autre, qui la sortira de cet état d'infériorité où la tient l'absence de propriété, vis-à-vis de l'homme, seul dispensateur aujourd'hui de la richesse commune.

O vous, les femmes pauvres, qui souffrez tant sous le hideux esclavage où vous retient l'ignorance, l'égoïsme et la misère, transportez-vous en esprit, au milieu de cette société que nous voulons établir. Dans cette société d'être libres, égaux et fraternellement unis.

Où, assez *instruites* pour préparer vous-mêmes, à la République, les citoyens auxquels vous aurez donné le jour ;

Où, assez *morales* pour guider de vos conseils et de vos généreuses inspirations, dans les agitations de la vie politique, vos fils et vos époux, vous serez pour eux et pour tous les hommes, les objets d'une tendre et respectueuse affection;

Et dites, dites, si ce noble rôle de mères, d'institutrices et d'inspiratrices de l'humanité, n'est pas celui qui sourit le mieux à votre cœur et à votre modestie.

En terminant ce chapitre, qu'il me soit permis, mes sœurs, de vous dire, dans l'intérêt général et dans votre intérêt:

Par la toute puissance de votre dévoûment, aidez-nous à soulever le lourd fardeau de misère, sous lequel nous périssons écrasés. Loin de mettre, comme vous le faites souvent, dans votre excusable ignorance de la vérité, des obstacles à notre activité politique, excitez-nous, par vos exhortations, à imiter nos devanciers, les chrétiens, qui bravaient tout pour le triomphe de leur foi.

Soyez assez grandes, vous qui êtes susceptibles de tant de grandeur, et capables de si belles choses ; soyez assez généreuses pour mettre dans nos poitrines, l'amour de la vérité, et s'il le fallait, dans nos mains, les armes qui en devraient assurer le triomphe.

CHAPITRE QUATRIEME.

—

Aux Prêtres des campagnes.

Ce n'est point à ceux qui, ayant chassé de leur cœur tout sentiment humain et chrétien, sont devenus pour le troupeau qu'ils étaient appelés à conduire de véritables loups dévorants, que j'adresse ce chapitre. Ceux-là recevront un jour dans leur conscience le châtiment qu'ils auront mérité. Que Dieu leur pardonne leur méchanceté et leurs vices en raison de leur aveuglement.

J'adresse ce chapitre à ces prêtres, rares il est vrai, mais estimables, que leur vertu, épouvantail du haut clergé, fait reléguer par lui, aux plus reculées des campagnes.

Parmi ces pauvres prêtres, et les plus jeunes surtout, il en est qui rongent avec douleur le frein qu'on impose à leur charité.

Combien, enthousiasmés par la lecture de l'histoire des premiers temps de l'Eglise, ont rêvé pour eux ces existences toutes de dévoûment et de charité qui ont illustré et fait vivre jusqu'à nous le souvenir de noms justement vénérés.

Combien ont embrassé l'état ecclésiastique pour se consacrer au bonheur et à l'instruction de leurs semblables, et dont l'espoir a été déçu par les limites étroites posées à leur intelligence et à leur activité.

Quelques-uns ont secoué le joug : gloire à eux ; mais combien soupirent après la liberté, qui ont besoin, pour la conquérir, de se sentir appuyés.

C'est à ceux-là que je m'adresse.

I.

Morale de l'Evangile.

Je ne me dissimule en rien l'immense difficulté de la tâche que j'entreprends. Je sais, Frères, jusqu'à quel point sont prévenus vos esprits contre toute parole démocratique... J'ai vu vos éducateurs à l'œuvre, et je sais tous les efforts qu'ils ont tentés pour vous conformer au type rêvé par l'auteur du *Compendium*. Je sais toute l'adresse qu'ils ont employée à faire de vous, dans les mains de vos supérieurs, *comme un bâton dans la main d'un vieillard*. Je sais que le but de leurs efforts a été de vous amener à l'état de *cadavre*. Je le sais. Mais je sais aussi qu'il est dit dans l'Evangile que Jésus ressuscita Lazare. Tout n'est point désespéré : La morale de Jésus peut encore nous rappeler à la vie.

Frères, la morale de Jésus, toute contenue dans l'Evangile, se résume en ces deux commandements : Tu aimeras Dieu, c'est-à-dire, le bien, la justice, par dessus toutes choses, et ton prochain comme toi-même.

Qu'est-ce donc, je vous le demande, qu'aimer Dieu, c'est-à-dire le bien et la justice, pardessus toutes choses? Sinon se déclarer l'ennemi du mal et de l'injustice et travailler de toutes ses forces à les détruire en soi, chez autrui et dans le monde entier.

II.

Les premiers Chrétiens.

Les premiers chrétiens, les disciples immédiats du Christ, avaient admirablement compris l'Evangile et sa morale. Suivant les exemples donnés par le maître, ils avaient formé une ligue contre le mal et le combattaient avec ardeur en quelque lieu qu'ils le trouvassent : chez les individus ou dans les institutions.

Aux pauvres, qui, privés des jouissances matérielles que donne la fortune, réclamaient leur part du banquet social, ils disaient avec le maître : « Cherchez d'abord le royaume de Dieu et sa justice, et tout vous sera donné pardessus le marché. » Et ils avaient raison. Car les hommes ont beau s'agiter, si leur recherche n'a pour but que la jouissance, cette jouissance leur sera constamment refusée. Si, au contraire, ils cherchent Dieu, ou les lois du bien et de la justice, une fois ces lois trouvées, l'organisation sociale qui en sera la conséquence immédiate leur accordera toute la somme de bonheur compatible avec la nature de l'homme.

Aux riches qui, blasés pour les jouissances matérielles, sentaient en eux le besoin pressant d'un bonheur moral et d'une paix de l'âme inconnus à eux, ils disaient : « Donnez tous vos biens aux pauvres. » Et si les riches reculaient devant cette *restitution*, les chrétiens répétaient avec Jésus : « En vérité, il est plus difficile à un riche d'entrer dans le royaume de Dieu qu'à un chameau de passer par le trou d'une aiguille. » Et ils avaient raison de dire ces choses.

Quand ils disaient : « Donnez tous vos biens aux pauvres », ils indiquaient aux riches :

1° La source réelle des richesses dont ils étaient possesseurs, et qui ne viennent que des pauvres, dont le travail, s'exerçant sur les matières fournies par Dieu, ou la nature, donne naissance à toutes les richesses ;

2° L'emploi véritable et juste qu'ils devaient faire de ces richesses, c'est-à-dire qu'ils les devaient faire servir au soulagement des infortunes, au bonheur commun des humains.

Quand, après la résistance *avaricieuse* des riches, ils disaient : « Qu'il est difficile au riche d'entrer dans le royaume de Dieu. » Ils constataient une vérité, à savoir que la possession individuelled'une grande somme de richesses matérielles corrompt l'homme, dessèche son cœur et lui rend impossible, pour ainsi dire, le retour aux bons sentiments.

Les premiers chrétiens ne parlaient point seulement : ils agissaient ; ils ne détruisaient pas les pauvres, comme on le fait aujourd'hui, ils détruisaient la pauvreté. Donnant, avec le pain de l'esprit, le pain du corps, ils élevaient la condition des pauvres à l'égal de la leur propre. Car ce n'était pas les miettes de leur superflu qu'ils jetaient en aumônes, mais leur nécessaire qu'ils partageaient fraternellement, élevant ainsi leurs semblables à l'égalité, par un sacrifice premier, qui donnait naissance à un échange de services réciproques dont tous étaient heureux sans que nul en souffrît.

III.

La Lettre et l'Esprit.

Frères!

Si nous remontons dans l'histoire des âges, nous voyons que les prêtres d'Israël reprochaient aux prêtres idolâtres d'avoir défiguré la loi, c'est-à-dire d'avoir méconnu ou falsifié la révélation faite aux hommes par les sages inspirés, d'Adam jusqu'à Abraham.

Si nous ouvrons l'histoire du Christianisme, nous voyons Jésus et les Apôtres, et, après eux, tous les chrétiens, reprocher aux prêtres juifs d'avoir peu à peu dénaturé le sens des lois données par Moïse et les prophètes, et surtout, d'en avoir dissimulé l'esprit sous la lettre; d'en avoir enfoui le sens et la signification véritables sous les rites et cérémonies absurdes d'un culte tout extérieur, tout matériel.

Ils leurs reprochaient d'avoir *mis la lumière sous le boisseau*, et d'avoir profité de l'obscurité profonde dans laquelle ils avaient tenu les esprits, pour exercer le pouvoir suprême. Ils leur reprochaient aussi d'avoir pactisé avec les puissants, et de leur avoir abandonné en pâture, pour en obtenir un appui, le troupeau des peuples confiés à leur garde.

Et aujourd'hui, les premiers apôtres de cette grande religion sociale de la Solidarité, qui n'est, au fond, que la continuation de la Religion éternelle, reprochent, avec autant de raison, aux prêtres chrétiens, d'avoir dénaturé les doctrines de Jésus-Christ, d'avoir caché la morale évangélique sous une multitude de pratiques et de cérémonies toutes matérielles; d'avoir oublié, enfin, comme leurs prédécesseurs, les prêtres juifs, que l'esprit vivifie et que la lettre tue.

IV.

Les Prêtres et les Riches.

Les premiers chrétiens étaient avec les esclaves contre les maîtres ; les prêtres chrétiens, aujourd'hui, sont avec les maîtres contre les esclaves. Le haut clergé, c'est-à-dire les évêques et les cardinaux, ayant renoncé à la pauvreté de leurs modèles des premiers temps du Christianisme, se sont fait allouer, par les riches qu'ils servent, d'énormes appointements qui les font riches eux-mêmes et rendent leur intérêt, comme riches, unis à l'intérêt égoïste des privilégiés de ce monde.

Aussi, leur conduite vis-à-vis des riches est-elle l'exécution fidèle et intéressée d'un pacte aussi favorable aux puissants que désastreux pour les pauvres.

V.

Les Cérémonies.

Dans les cérémonies, où s'est concentrée toute leur religion, ils ont consacré l'inégalité la plus révoltante.

Ils ont arrangé des décorations différentes dans différentes chapelles, qu'ils ont fait ressembler aux loges d'un théâtre, et ils ont dit, dans tel endroit de l'Eglise qu'on appelle le chœur, les bénédictions de la grâce divine *coûteront* le double ou le triple de ce qu'elles coûteraient dans tel autre endroit qu'on appelle chapelle de la Vierge.

Ils ont imaginé des costumes bizarres, plus ou moins chamarrés, dont ils s'affublent, et ont dit : Les sacrements auront une valeur proportionnée à la qualité et aux bariolages de nos surplis, de nos étoles et de nos chasubles.

Ils ont, pour offrir le sacrifice de la messe, des calices d'or, d'argent ou de tout autre métal moins coûteux, selon que celui qui *paie* cette cérémonie a donné plus ou moins d'écus.

Ils ont, pour l'âme des défunts, des prières à tous prix, qu'ils disent ou chantent sur un ton plus au moins élevé, mais, toujours, calculé d'après l'argent reçu.

Voilà, prêtres des campagnes, ce qu'on vous a dit de faire. Voilà ce que les évêques ont substitué aux grands exemples d'amour et de fraternité que savaient donner les premiers chrétiens. S'étant corrompus eux-mêmes, ils ont voulu corrompre à leur tour le peuple qu'ils étaient chargés de conduire. Ayant perdu le sens des grands principes de l'Evangile, ils ont remplacé l'exposition de ces principes par le luxe d'une décoration théâtrale, les idées par des pratiques. Ils vous ont donné mission d'enseigner ces absurdités au Peuple, sous le nom de Religion.

Mais, vous, prêtres des campagnes, vous, dont un grand nombre ont choisi la fonction sacerdotale dans l'espoir de faire le bien et d'enseigner aux hommes la justice et la charité, comment est-il possible que votre conscience obéisse ainsi aux iniques commandements de ceux que la discipline ecclésiastique peut bien appeler vos supérieurs, mais que leurs vices rendent réellement vos inférieurs.

VI.

Hypocrisie du haut Clergé.

Frères, vos évêques, et ceux que vos évêques ont chargé du soin de vous façonner au rôle qu'on vous destine à jouer, vous ont dit : Faites que vos églises soient toujours pleines, que l'argent vous arrive et que les pauvres supportent, sans trop murmurer, l'horrible misère qui les torture ; faites cela, car c'est à cette condition qu'est attachée l'existence de l'Eglise et du Clergé.

Ne permettez jamais à l'enfant du pauvre de pénétrer le sens profond caché sous les formes de votre culte, parce que s'il comprenait que l'Egalité est au fond de nos cérémonies, il nous demanderait pourquoi nous ne pratiquons plus cette égalité, et il se prendrait à aimer une vérité que nous avons bannie.

Ne lui faites jamais comprendre que le devoir du chrétien est la pratique de la Fraternité, non point bornée aux étroites limites des murailles de nos sanctuaires, mais étendue à tous les actes de sa vie, et à tous ses semblables, quelque soient leur religion, leurs croyances et leur patrie. Car si vous lui faites comprendre ces choses, il vous demandera pourquoi nous sommes si peu fraternels; pourquoi nous roulons équipages, au milieu de la misère affreuse qui décime les travailleurs; pourquoi nous sommes si intolérants à l'égard de ceux qui ne se soumettent pas aux pratiques que nous enseignons.

Ne dites jamais au riche que sa fortune est le patrimoine général, et que le seul moyen d'en expier la possession est d'en faire usage pour le soulagement des pauvres; car les riches vous répliqueraient : que nous sommes riches nous-mêmes, et que nous nous enrichissons toujours, sans nous embarrasser des souffrances du prochain.

Voilà ce que vous ont dit vos évêques, et pour vous encourager à suivre leurs avis, ils vous ont donné en perspective la position élevée qu'ils occupent, et l'espoir d'y atteindre, si vous avez été assez adroit, assez astucieux, pour rendre d'importants services au clergé supérieur. Pour vous contraindre à obéir à leurs ordres, ils ont établi la discipline ecclésiastique, qui met le simple prêtre dans une dépendance absolue vis-à-vis son évêque, et donne à celui-ci le pouvoir de le révoquer, de le transporter d'un lieu à l'autre sans avoir à en rendre compte.

VII.

Ce que pourrait être le Prêtre.

Frères,

Le rôle qu'on vous ordonne de jouer est odieux. Mais celui que beaucoup d'entre vous pourraient et voudraient remplir est digne de notre estime et de notre vénération.

Quel est donc le motif de votre hésitation. Arborez avec nous l'étendard du Christ, c'est-à-dire celui de la Liberté, de l'Egalité et de la Fraternité.

Usant de l'influence qui vous est acquise sur les âmes simples des braves travailleurs de la terre, entraînez-les à votre suite sur la route de l'affranchissement des hommes et de la régénération de la Société.

Ecoutant l'Evangile et non point de misérables falsificateurs, faites-vous les instituteurs, les éducateurs du Peuple des champs et apprenez-lui qu'il est fait à l'image de Dieu, et qu'il est libre comme Dieu lui-même. Apprenez-lui aussi que tous les hommes sont comme lui faits à la ressemblance divine et qu'il n'existe entre eux et lui nulle supériorité ni infériorité. Apprenez-lui, enfin, que les autres hommes et lui ont une origine commune, un père commun, Dieu ; que c'est en raison de l'amour qu'il aura pour autrui, que cet amour lui sera rendu, et qu'il éprouvera plus de jouissances réelles et durables. Enseignez-lui *que nous sommes tous membres les uns des autres* comme dit Saint Paul, et que la seule organisation sociale qui soit dans les vues de la Divinité, c'est celle qui unira les hommes dans une étroite solidarité, et qui, faisant, peu à peu, disparaître les iniques et absurdes distinctions de rangs et de fortunes qui les divisent, guérira les maux physiques, moraux et intellectuels qui les accablent, et n'en formera plus qu'une sainte et vaste famille de *frères* unis *librement* dans l'*Egalité*.

Cette mission est belle et grande, prêtres des campagnes.

Vos cœurs, en dépit des machiavéliques instructions de vos supérieurs, ou plutôt, de ceux qui ont usurpé ce titre, vos cœurs doivent y sourire et l'embrasser.

Sans doute la misère que vous ressentez n'est point matérielle comme celle du paysan et de l'ouvrier ; mais les souffrances morales auxquelles vous condamne l'absolue domination des princes de l'Eglise vous mettent au rang des plus pauvres enfants du peuple.

Vous êtes pauvres, car vous souffrez, sinon du corps au moins par l'esprit, et vous êtes, comme nous, interressés à la rénovation générale.

CHAPITRE CINQUIÈME.

—

Aux Soldats.

I.

La Calomnie.

Frères de l'Armée,

C'est un douloureux spectacle que celui qui nous est offert par les monarchiens. Ces gens qui se disent honnêtes, et parmi lesquels figurent un certain nombre des chefs que vous a donné le gouvernement de Louis-Philippe, rêvent un retour impossible de la royauté, trois fois balayée du sol français, par le souffle émancipateur des révolutions.

Ce qui, surtout, est monstrueux,

dans les projets de ces misérables, c'est le rôle honteux que, dans leur espoir insensé, ils vous assignent, à vous, les enfants du Peuple, à vous, le Peuple. Ils pensent, les infâmes, faire du soldat français, le bourreau de la Liberté.

Pour atteindre à ce but, il n'est pas de moyens, si pervers soient-ils, qui ne leur semblent bons à employer.

Voulant *régner* sur vous et sur nous, ils ont adopté la fameuse maxime: *diviser.*

La calomnie est l'arme ordinaire et de prédilection qu'ils emploient à cet effet. Ainsi, ils vous représentent généralement l'ouvrier, le républicain, comme une sorte de monstre avide de désordres et de brigandages.

Ils cherchent aussi à vous insinuer que l'ouvrier est l'ennemi du soldat, et qu'il est de votre intérêt, en cas d'émeutes (qu'ils se chargent eux-mêmes de faire éclater), de massacrer sans pitié toute cette canaille de républicains rouges et de socialistes.

Il y a quelques jours à peine, que, surpris et indigné des propos *injurieux* et *féroces* de l'un d'eux, j'adressai à l'armée des Alpes, au nom de mes Frères en socialisme, une brochure dont je vais extraire les lignes suivantes, d'une application générale, et dont tous, frères soldats, vous pourrez faire votre profit :

On vous dit que nous avons des doctrines perverses et subversives.

On vous dit que ces doctrines sont contraires à l'ordre, à la famille, à la propriété.

Mensonges ! calomnies !

Contraires à l'ordre !

Mais ne savons-nous pas que l'ordre est une des conditions essentielles du travail? Or, comment serait-il possible que nous, qui ne vivons que de travail, qui ne demandons que du travail, qui sommes décidés à mourir pour en obtenir la garantie; comment serait-il possible que nous fussions des ennemis de l'ordre ?

Non, l'ouvrier n'est point ennemi de l'ordre, mais il n'entend pas l'ordre comme l'entendent certains gouvernants.

L'ordre, suivant le peuple, c'est, à la fois, l'ordre *matériel* et *moral*.

L'ordre, pour les privilégiés, c'est seulement l'*ordre matériel*.

Un roi absolu
Mal mène ses sujets ;
Gaspille leur fortune,
Et jette les mécontents en prison. Si, les gendarmes aidant, le Peuple supporte, sans murmurer, cet état de choses dont il est victime ; ceux qui en profitent appellent cela de l'*ordre*. Mais nous, le Peuple, nous appelons cela *désordre*.

Si le peuple, mûr pour la liberté,
Chasse ses tyrans,
S'empare du gouvernement,
Et l'exerce pour le bien commun,
Voilà ce que nous appelons de l'ordre, et ce que les tyrans et leurs valets appellent désordre.

L'ordre de nos antagonistes, c'est l'immobilité de la mort, favorable à leurs iniquités.

L'ordre que nous voulons, c'est le mouvement de la vie, nécessaire au bonheur de tous.

Nous ennemis de la famille !

Ah ! grand Dieu ! Mais que nous resterait-il donc, à nous qui n'avons que ce seul bien, si nous détruisions la famille ?

Rappelez vos souvenirs, Soldats, qui êtes les enfants du Peuple ; rappelez vos souvenirs, et dites si ce n'est pas chez nous que cette institution presque divine, qu'on appelle famille, est le plus respectée. Ne pourrions-nous pas dire, si nous écoutions le légitime orgueil qui s'empare de nous, à la vue des turpitudes des classes prétendues élevées, et si basses cependant, que c'est chez nous seulement que la famille est respectée.

La famille ! infâmes calomniateurs, c'est notre espoir dans notre jeunesse, notre jouissance dans l'âge mûr, notre consolation dans notre vieillesse.

Pouvons-nous dire seulement que nous sommes possesseurs d'ane famille, quand vos muscadins en gants jaunes, avec les écus que nous ont volés leurs pères, achetant les objets de luxe ou d'utilité, fabriqués par nos bras, corrompent, par cet appât, les filles que nos femmes ont engendrées.

L'abolition de la famille : horreur qu'il était réservé à nos détracteurs de réaliser à notre détriment.

C'est le rétablissement de la famille que nous voulons, en demandant le droit au travail, parce que le travail nous garantira, nous et nos enfants, des tentations de la misère.

Nous, violateurs de la propriété !

Mais qui donc, alors que la police avait cessé toutes fonctions ; alors que les riches, si *niaisement peureux*, se cachaient ou s'enfuyaient ; qui donc savait si bien faire respecter la propriété, et fusiller impitoyblement les rares coquins assez audacieux pour ternir la gloire du Peuple par des atteintes au bien d'autrui, sinon les ouvriers.

La propriété! mais en 89, en 1830 et 31, en 1848, le Peuple en fut le seul gardien et maître, et jamais, les statistiques en font fois, elle ne fut si bien gardée et respectée.

Pourtant ce Peuple, si fidèle, si loyal, était, comme aujourd'hui, dénué des choses les plus indispensables à la vie. Il était nu, il avait froid, il avait faim. Et alors, comme aujourd'hui, on lui déniait le droit de propriété.

La violation de la propriété! Infamie que nos détracteurs seuls savent commettre en en privant la grande masse des citoyens.

C'est, au contraire, la consécration de la vraie propriété que nous voulons, puisque nous reconnaissons à tous et à chacun un droit égal à devenir propriétaire, et que nous demandons la garantie de ce droit par la garantie du travail, source première de toute propriété.

Vous le devez voir, Frères, ce qu'on vous dit contre nous n'est que mensonges et calomnies.

II.

Mission de l'Armée.

Frères,

Une erreur profonde et volontaire des ennemis de la Liberté, c'est de confondre, dans la mission qu'ils leur assignent, l'armée et la police. Mais, en dépit de leur vouloir, nous ne ferons, nous, jamais à l'armée, l'injure de la confondre avec une institution utile, sans doute, mais qui serait infiniment trop honorée d'une pareille alliance.

L'Armée est instituée pour la défense du pays, soit que les nations voisines empiètent sur son territoire, où que les gouvernements étrangers prétendent s'immiscer dans ses affaires intérieures. Elle est appelée quelquefois à de lointaines excursions pour l'honneur du pavillon national, les intérêts du commerce, ou la prise de possession de terres destinées à l'agrandissement de ses colonies, et abandonnées jusque là à des peuplades barbares pour lesquelles la conquête même est un bienfait.

Telle est sa mission, grande et noble, comme on le voit.

A la police est confiée la sûreté intérieure, des personnes et du gouvernement.

Quant à l'armée, elle n'y a que faire, comme armée, et le soldat ne peut avoir à l'intérieur que le caractère du citoyen.

III.

Discipline républicaine.

C'est également une erreur, erreur funeste, et dans laquelle on vous retient à dessein, que de ne faire aucune différence entre la discipline militaire sous la monarchie, et cette même discipline sous la République.

La royauté, basée sur le *droit divin*, fait du Pays la propriété du monarque, et de l'Armée, l'agent aveugle de ses volontés.

La République, basée sur le droit naturel, donne à la nation le pouvoir souverain, et fait, de l'armée, l'instrument intelligent de sa puissance et de sa grandeur.

Dans le premier cas, le gouvernement,

qui est le roi lui-même, commande à l'Armée d'une façon absolue.

Dans le second, le gouvernement qui n'est plus que l'administrateur délégué, le commis du Peuple, ne commande à l'armée que conformément à son institution. Et il ne peut jamais employer contre le Pays des soldats que le Pays n'a mis à sa disposition que pour le défendre.

D'ailleurs, ce qui prouve d'une manière évidente que l'armée ne doit, en aucun cas, être employée contre la nation, c'est que la nation seule, la crée et l'entretient par le vote du budget. Or, il est impossible de se faire à l'idée d'un peuple qui nourrirait des gens employés à le battre.

La discipline républicaine qui ordonne au soldat l'obéissance passive sous les drapeaux, en présence de l'ennemi, lui ordonne également de ne jamais tourner contre le Peuple une arme qu'il tient de lui.

IV.

Choisissez !

Ce qui précède a pu vous éclairer sur les véritables devoirs du soldat, et détruire, je l'espère, l'effet désastreux des excitations perverses de certains chefs coupables de trahison envers les principes démocratiques consacrés dans notre constitution.

Soldats,

Si jamais les éternels ennemis de la République tentaient de ravir au Peuple sa souveraineté; si, excités par eux à travailler à l'asservissement de vos frères, il restait quelqu'indécision dans vos âmes, rappelez-vous ces paroles, expression des sentiments du Peuple :

Le métier des armes est une noble profession, peut-être la plus noble, parce qu'il y faut, à un haut degré, le courage et le dévouement à son pays. Mais ce n'est une noble profession qu'autant qu'elle sert et défend la Patrie. Transportée à l'intérieur, mise au service d'un parti, d'une poignée d'êtres immondes repus de tout, et voulant, par la force brutale, comprimer la liberté et arrêter les progrès de la civilisation, ce ne serait plus qu'un métier de bourreaux.

Le soldat qui, sur les champs de bataille, à la voix de son général, expose sa vie pour le service de la patrie, est un brave que nous portons dans nos cœurs, dont nous honorons la vieillesse et les blessures. A celui-là, — et c'est ainsi que vous voulez être, — amour, respect et gloire.

Le soldat qui, à la voix criminelle d'un chef, argue de la discipline pour enfreindre les lois de l'humanité, supérieures à toutes les lois, et pou-croiser sur ses Frères l'arme qu'il a reçue pour les défendre, est coupable devant Dieu, les hommes et la postérité. A celui-là, honte, opprobre et mépris.

— L'un est un héros.

— L'autre est un assassin.

Choisissez !!!

Aux Pauvres.

RÉCAPITULATION.

Frères,

Je vous l'ai dit au commencement de cet écrit : je n'ai cherché qu'à vous être utile par quelques petits enseignements appropriés au caractère de chacun. Ne vous offusquez donc pas trop du décousu apparent des sujets qui s'y roncontrent, et cherchez-y seulement, en dépit des imperfections du style et du défaut d'ordonnance dans les matières traitées, les notions générales, quoiqu'imparfaites, des principes du Socialisme.

La définition de l'Homme et de la formule de son activité politique, doit être pour vous un flambeau à la lueur duquel il vous est facile de juger les raisonnements subséquents.

Et c'est pourquoi j'ai commencé mes chapitres par cette définition.

Si je ne me suis pas trompé, vous avez pu vous convaincre, à la lecture des pages adressées aux ouvriers :

1° Que l'homme est égal à l'homme, sinon dans ses manifestations actuelles, au moins, dans sa virtualité, c'est-à-dire dans sa nature intime.

2o Que la Liberté, l'Egalité et la Fraternité sont pour l'homme des besoins primordiaux, et également sacrés, sans la satisfaction desquels il lui est impossible de vivre conformément à sa nature.

3o Que le matérialisme et le spiritualisme sont des erreurs, et que de la nouvelle définition de l'homme découle une loi morale nouvelle qui n'est ni l'égoïsme absolu engendré du matérialisme, ni le dévouement absolu engendré du spiritualisme; mais la Solidarité.

4o Que la Solidarité trouve son application dans l'Association de tous les êtres humains; mais dans leur association libre, égalitaire et fraternelle.

M'adressant ensuite aux paysans, j'ai cherché à prouver combien l'inique exploitation des riches avait contrevenu à la loi de la Solidarité, et combien il serait possible, contrairement aux affirmations des statisticiens et des beaux parleurs du privilége, de rentrer dans cette Solidarité brisée par eux.

De là, embrassant la cause des femmes, cause si dédaignée d'ordinaire, j'ai voulu, dans le langage le plus simple possible et le plus à portée d'être compris par nos sœurs, les femmes pauvres, j'ai voulu les prémunir contre les idées folles qui se sont, à tort, emparées de certains esprits, et leur indiquer le véritable affranchissement auquel nous les appelons nous, Socialistes. Je sais toutes les susceptibilités que je dois rencontrer et, peut-être, froisser à ce sujet; mais je suis tellement convaincu de la beauté du rôle que je conçois pour la femme dans l'avenir, qu'il me semble que celles qui m'auront compris ne me feront aucuns reproches.

Parlant après aux prêtres des campagnes, c'est-à-dire à ceux qu'on charge de l'éducation de 25 millions de Français, j'ai fait mes efforts pour leur montrer combien le rôle qu'ils jouaient était inférieur à celui qu'ils pourraient remplir ; combien il y avait loin des principes de l'Evangile aux actions du Clergé. En adressant aux prêtres ce chapitre, je sais bien que peu d'entre eux le liront, mais ceux qui, chaque jour, reçoivent l'enseignement des prêtres, le liront pour eux, et apprendront, par cette lecture, à se prémunir contre les effets délétères d'un semblable enseignement.

Deux grandes catégories de citoyens, les Ouvriers et les Soldats, semblent aujourd'hui tellement divisées d'intérêts, ceux qui gouvernent font tant d'efforts pour séparer du Peuple les soldats auxquels ils commandent, que j'ai cru ne devoir pas terminer mon livre sans rappeler à ces derniers, qui sont d'ailleurs de la grande famille des pauvres, le but de l'institution des armées, les différences de la discipline sous la République et sous la Monarchie, et le devoir du soldat dans les crises politiques.

Il y avait sans doute mille autres questions importantes à traiter, mais j'étais borné par le peu d'étendue de mon livre, qui devait rester, par son prix, à la portée de toutes les bourses, et j'étais convaincu, d'ailleurs, que si l'entente pouvait se faire sur les points abordés par moi, entre les pauvres, la ligue des pauvres serait formée, et la ligue des riches anéantie. Oui, si les ouvriers des villes, les travailleurs de terre, les femmes pauvres, les prêtres des campagnes et les militaires étaient unis, et pensaient d'une façon commune, sur les questions dont nous nous sommes occupés, le triomphe du socialisme, c'est-à-dire de la vérité, serait proche et assuré.

Le Droit et le Devoir humains.

Frères,

Pour notre instruction commune, considérons ensemble quels sont les droits et les devoirs de l'homme en général, et, puisqu'on nous a fait une situation particulière, quels sont aussi les droits et les devoirs des pauvres en particulier.

L'égalité des hommes nous étant démontrée d'une manière évidente, le droit et le devoir se confondent et s'impliquent mutuellement. Le *devoir* de l'homme consiste uniquement à reconnaître, chez son semblable, le *droit* qu'il sent en lui.

Rien n'est plus simple, mais en même temps, plus vrai, que cette définition du droit et du devoir. Si les hommes l'acceptaient pour règle de conduite, on pourrait, sans nul danger, brûler tous les *codes* et les *cours de morale* devenus inutiles à l'Humanité régénérée et débarrassée de ses souillures.

A quelqu'âge de la vie qu'il soit arrivé ;

Quelque soit le degré de force, de savoir ou de moralité qu'il ait atteint ;

Qu'il exerce ses facultés sur l'établi ou à la charrue, sous l'habit militaire, civil ou ecclésiastique, sous l'habit ou la blouse ;

Qu'il soit de l'un ou de l'autre sexe ;

Qu'il soit père, frère, fils, époux ou ami ;

Dans quelque circonstance de la vie qu'on le suppose, l'Etre humain sent en lui le besoin de vivre par le corps, par le cœur et par l'esprit.

Son droit est de satisfaire à ce besoin.

Ce qui lui donne la *mesure* de son droit, c'est le point où, en l'exerçant, il rencontre le droit de son semblable.

Aller jusqu'à cette limite, c'est le

droit. S'y arrêter, et aider son semblable à y atteindre, c'est le devoir.

Mais c'est le droit et le devoir humains.

Le Droit et le Devoir des Pauvres.

Frères,

Dans la situation particulière où nous ont placé les riches par rapport à eux, notre droit et notre devoir, c'est d'opposer à leur ligue impie, notre ligue sacrée.

C'est en nous unissant de la façon la plus intime et la plus complète que nous leur arracherons, un à un, et par les seules voies légales, c'est-à-dire par nos suffrages, tous les priviléges dont ils sont possesseurs à notre détriment.

Affaiblissement de la Puissance des Riches.

Notre tâche est commencée, mais il faut la finir. Déjà la puissance des riches n'est plus que matérielle; son côté moral est détruit.

Où sont ces respects dont étaient entourés, naguères, les puissants ?

J'ai vu maintes fois le dernier de nos rois traverser la foule silencieuse et indifférente d'un peuple, sans recevoir de ce peuple ni vivats ni saluts.

Le plus puissant, au moral, des princes de ce monde, le Pape, ne vient-il pas d'être renversé d'un trône sur lequel, jusqu'à ce jour, il avait, au milieu de la vénération du peuple, exercé le pouvoir souverain.

Le socialisme a fait des pas immenses.

Ses pensées généreuses ont envahi les cerveaux et réchauffés les cœurs. Sa marche rapide, effroi des exploiteurs, ne saurait rencontrer d'obstacles sérieux dans les cris furibonds des réactionnaires, non plus que dans leurs tentatives désespérées.

CONCLUSION.

Frères !

Dans ce monde impie, on nous a

bien des fois jeté à la face, comme une injure, le nom de pauvre.

Eh bien, ce nom, nous l'acceptons et nous nous en glorifions.

Oui, nous sommes pauvres, mais aux pauvres appartient l'avenir, comme aux riches le passé. Les pauvres abandonnent aux riches la triste gloire des iniquités sociales qu'ont amené toutes les institutions qu'ils ont su donner au monde.

Aux riches, les drames sanglants qui ont attristé l'humanité depuis les massacres d'Ilotes, à Spartes, jusqu'aux fusillades qui tuaient par centaines, en juin, les ouvriers de Paris.

Aux pauvres d'ouvrir, pour les générations futures, une ère de bonheur et d'amour.

La mission des riches est finie;

La mission des pauvres commence.

L'avenir jugera.

FIN.

A Greppo.

Cher Ami,

Permets-moi de t'offrir ce petit livre, non comme un hommage digne de ton dévoûment à la cause des pauvres, tes frères; mais comme un faible gage du redoublement d'estime et d'affection que t'a su mériter ta conduite toujours digne, courageuse et intelligente au sein de l'Assemblée nationale.

Ton vieil ami.

Ad. BERTEAULT.

Lyon, 24 Février 1849.

www.ingramcontent.com/pod-product-compliance
Ingram Content Group UK Ltd.
Pitfield, Milton Keynes, MK11 3LW, UK
UKHW020926180726
13838UKWH00002B/773

9 782329 106939